河東碧梧桐の百句

秋尾 敏

〈写生文〉の精神

ふらんす堂

目次

凡　例

○句はすべて来空編『河東碧梧桐全集』（短詩人連盟・平成13〜21年）から引用したが、他の句集によって確認もしている。
○仮名遣は歴史的仮名遣のままとした。
○漢字は原則として常用漢字を用いたが、原典を尊重したものもある。
○畳字は「々」「ゝ」のみ用いた。
○原典にないルビは（　）で囲んだ。
○文中、敬称を省いた。
○今日の観点からみて差別的と思われる言葉もあるが、資料性に鑑みそのままとした。

河東碧梧桐の百句

手負猪萩に息つく野分かな

明治二十四年

1

正岡子規は、碧梧桐が明治二十三年頃に俳句を知り、翌年から作句を始めたと書いているが、実際は二十三年から作句している。だがそれらは習作と言うべきで、この句辺りから完成度が高まる。江戸の発句を熱心に学んだ結果だろう。子規一門が蕪村に夢中になるのはもう少し後のことだが、蕪村句の物語性さえ漂わせている。「手負猪」「萩」「野分」と季語が並ぶが、江戸期の発句なら珍しいことではない。十八歳にして古典句の骨格を捉え得た人だからこそ、その後の展開がとめどなく進んでいったのだろう。なお、「息つぐ」と読む資料もある。

はらはらと天の川より散る蛍

明治二十五年

2

蛍が天の川から散ってきたと見た句。降ると言わず「散る」として実感が生まれた。「散る蛍」という言い方はあるが、それは互いに離れること。この句は天の川から散ると言って斬新。「はらはら」もおもしろい。『子規之第一歩』（俳画堂・大正14年）に記録された句で、当日の評価は「天の巻」だが、どの句集にも採られていない。しかし、若き碧梧桐の生き生きとした感性が感じ取れる佳句で、後の自己表現を目指した〈新傾向俳句〉（巻末解説参照）は、こうした独自の感性から生まれたに違いない。このときの号は「女月」。如月生まれなのである。

砂の中に海鼠の氷る小さゝよ

明治二十六年

句会での題詠。芭蕉の〈生きながら一つに氷る海鼠かな〉（元禄六年）を踏まえた句であろう。「砂の中に」という上五の字余りが口語的で、当時の若者の口調を伝えるとともに、その後の碧梧桐の俳句表現の方向性をも予感させている。中七までは散文的な叙述の文脈だが、下五の「小さゝよ」で独自の感覚を述べ、見事に俳句的な世界を作りだしている。この年の九月に、京都の第三高等中学校の予科に入学した碧梧桐は、虚子とともに学校の向かいの靴屋の二階に下宿し、虚桐庵と名付けて同居した。京都に出た学生の心情を読み取ることもできる。

上京《かみぎょう》や友禅洗ふ春の水

明治二十七年

4

明治二十六年、虚子とともに京都の第三高等中学校の予科に入学した碧梧桐であったが、翌年六月から法・医・工学部のみの第三高等学校（旧制）に改組されることとなり、本科・予科は分袂《ぶんぺい》式を開いて解散。虚子と碧梧桐も京都を去って仙台の第二高等学校（旧制）に移ることになる。むろん納得しての転学ではなく、国の方針変更に振り回されてのことである。そのときの送別句会に出された句のひとつであるが、学び舎のあった上京を象徴するような友禅染めの景を、穏やかに雑念なく詠んでいる。背後に惜別の情を読むこともできよう。

桃さくや湖水のへりの十箇村

明治二十七年

5

前の句同様、第三高等中学校の送別句会に出された句。大景を詠んでいるが、初五を「や」で切って体言で言い止める形に安定感があり、整えられた韻律が句を引き締めている。句材や表現は斬新とは言えないが、「へりの」に独自の捉え方があり、韻律も美しい。学び始めて数年で、ここまで俳句の骨格を身につけてしまうというのはやはり天賦の才というべきであろう。明治期には桃の花の観賞に人気があり、あちこちに桃の花の名所があって、それを見に行く俳人も多かった。京を去るときの句であり、「湖水」を琵琶湖と解しても差し支えあるまい。

春寒し水田の上の根なし雲

明治二十八年

6

この句が世に知られているのは、作者の生涯を暗示していると読む人がいたからだが、作者にはまだ自分の生涯は見えていない。まずはこの時期の作者の情況の暗示と読むべきであろう。前年に仙台の第二高等学校（旧制）を中退し、上京して虚子とともに子規庵に転がり込んだ時期。写生句であっても、そこに作者の生活や心理の投影があるのは当然のことで、そうでなければ写生句に深さを求めることはできなくなる。上原三川・直野碧玲瓏編『新俳句』（明治31年）に掲載された句。新聞「小日本」付録の『俳句二葉集』を除けば新派初の句集である。

赤い椿白い椿と落ちにけり

明治二十九年

7

子規が「明治二十九年の俳句界」で「印象の明瞭なる句」として示した中の一つ。赤い椿と白い椿が並んで咲いている景だが、紅白の花が並んで落ちているという解釈と、ほぼ同時に落ちたという解釈、さらに、交互に落ちたという解釈がある。「落ちにけり」は、すでに落ちているというよりは、今落ちたということに心を動かされている表現であろう。「赤い椿」のあとに「と」を補うか、「が」を補うか、空白を置くかで捉え方が変わってくる。そこをいろいろに読み換えてみることで、読者の俳句への理解が深まっていく。そういう句である。

炉開いて灰つめたく火の消えんとす

明治二十九年

8

これも子規に「印象の明瞭なる句」と評価された作であるが、こちらは五六七の破調で、芭蕉の漢詩文調時代の句風を真似たかと思われる。この時期にこうした言い回しを先導したのは虚子であり、「新調」と呼ばれていた。碧梧桐は、虚子の行き過ぎを批判しつつ、その新しさを取り込むという姿勢であった。しかし、周囲から見れば碧梧桐もかなり「新調」で、岡野知十は彼らの句を「青年俳客の口吻」と評している。後の碧梧桐の新傾向俳句の素地は、既にここに作られていたというべきであるが、それを先導していたのは、実は虚子なのであった。

陽炎に鹿の尾もゆること一寸

明治三十年

9

芭蕉の『野ざらし紀行』にある〈明ぼのやしら魚しろきこと一寸〉の「こと一寸」を使ってみようという習作、あるいはパスティーシュと思われるが、結果としてかなりの佳句となっているように思う。上五「陽炎や」でも成立しないわけではないが、それを「陽炎に」としたのは、やはり作者の若さと時代性であろう。当時の日本語は急速に口語化、散文化に進んでおり、近代俳句もすでにその影響下にあった。時代の言語を身に纏い、しかし伝統をも踏まえてこのように発想できる能力こそが、すぐれた俳人の要件というべきものではなかろうか。

卓の上に梅活けてあり夜学の灯

明治三十年

「卓」は教卓であろう。そこに梅が生けてあるというのだから、卒業式間近の夜間学校の景である。『新俳句』（民友社・明治31年）に載った句で、題詠で詠まれたと思われる。まだ「夜学」が秋の季語と考えられていなかった時代の句である。この時期の碧梧桐の句は、古典を踏まえたものになる場合と、虚子の新調の影響を受けた句になる場合とに分かれるように思うが、この句には等身大に詠まれた良さがある。時代の様子も伝えており、また詠みぶりも「新俳句」と名乗るにふさわしいモダンな韻律を持っていて、無理のない佳句に仕上がっている。

短夜や町を砲車の過ぐる音

明治三十年

11

短い夏の夜、町の中を砲車が走りすぎていく音が聞こえる、と。なめらかな韻律で内容も分かりやすく、日清戦争後の時代の気配を漂わせているため、多くの句集に採られている。砲車は大砲を積んだ荷車で、自走砲もあるが、この時代だと牽引砲であろう。戦車は近距離で打ち合うため砲が横向きだが、砲車は遠距離を狙う兵器で、砲が上向きである。この頃の碧梧桐の住居は神田淡路町。道路のアスファルト化は明治十一年に神田昌平橋から始まっているから、これはアスファルト上を走る砲車の音であろうが、それでもかなり大きな音であったろう。

我善坊に車引き入れふる霰

明治三十年

我善坊は麻布飯倉通りから入る狭い路地にあった町の名で、かなり深い谷となっていたところだが、麻布台ヒルズによって消失した。その狭い路地に人力車を引き入れさせていたら霞が降ってきたというのである。この句からも、碧梧桐が江戸の発句の情緒や韻律を自分のものとしていたことが分かる。「我善坊」という強い響きの言葉で語り始め、下五「ふる霰」と柔らかくゆったりと収める展開は見事。古典句の骨格をここまでしっかり身につけていた碧梧桐には、俳句を自然主義の近代文学に展開していく資格が十分にあったというべきであろう。

其角夏痩せして嵐雪の笑ふべく

明治三十一年

若き虚子の「新調」はさまざまの言い回しを生みだしたが、「べく」もその一つ。〈新酒飲んで酔ふべくわれに頭痛あり〉〈角力取に物とらすべくわれ貧なりし〉などと詠んだ。碧梧桐はその使い方を批判したのだが、子規は句末に「べく」を置く和歌の用例を示した。それを受けての碧梧桐の一句と思われる。これも、岡野知十の言う「青年俳客の口吻」（19ページ参照）の一つであろうが、それらは単なる思いつきではなく、古典に用例を求める研究姿勢に基づいてのことだったのである。後の碧梧桐の「新傾向」は、虚子の「新調」に端を発している。

芭蕉忌や淋しいほどにうづくまる

明治三十一年

14

「芭蕉」あるいは「芭蕉忌」のイメージから連想した七五と思われるが、碧梧桐自身の心情が重なっているのも当然のことである。五月に京華日報社に入社し、社会部長となった。十月に「ホトトギス」が東京に移り、前年に結婚した虚子がその編集発行を請け負うことになるのだが、その虚子の妻には碧梧桐も思いを寄せていたのである。互いに自立の道を歩み出した淋しさもあったであろう。前年までは古典句の様式を踏襲した安定感のある句が多いが、この年の句に完成度の高いものは少ない。自己表現への一歩を踏み出した年と考えてよいだろう。

瓢簞に少し二日の酒残る

明治三十二年

「ホトトギス」明治三十二年一月号に掲載された紀行文「伊豆山紀行」中の一句。〈元日を旅に出るなり朝の汽車〉と詠み始め、箱根湯本で一泊。二日の昼に掲句を詠んで伊豆山のふもとに着到。二日の「二日」で正月の句。この「瓢簞」は季語ではない。季題は「二日の酒残る」は三日の句に見えるが、二日の話なのであった。句は特に深い意味もなく軽い内容だが、記憶に残る佳句である。俳句はこれでよいと言っている気がする。不思議なのは、この紀行文が、一月十日発行の「ホトトギス」一月号に掲載されていること。何と素早い仕事ぶりであろうか。

故郷や宮の太鼓の明易き

明治三十二年

慌ただしい年であり、この時期に実際に故郷に戻ったという記録はない。多忙だからこその望郷の句であろう。前年入社した京華日報社が解散となり、太平新聞社に入社して三面主筆となるが、ここも七月に退社。五月に虚子が大腸カタルとなり、「ホトトギス」の編集を代行していたのである。そんな中で五月には『俳句評釈』（新声社）を刊行している。文庫版だが二百七ページあって、俳句史を概観した後、『猿蓑』の冬と夏の発句を解釈している。「ホトトギス」で子規の厳しい評を受けるが、二十六歳の仕事としては立派なものであろう。

乳牛の角も垂れたり合歓の花

明治三十二年

17

虚子が入院し、碧梧桐が編集した「ホトトギス」七月号に載る。「雑題十句合」の「橋・舟」という題詠の評の後に〈花茨橋銭もなきかち渡り〉と並べられているが、題とは無関係。他の箇所はみな題詠なので、編集の手違いで載ってしまったのかもしれない。だが、なかなかおもしろい句である。乳牛の除角が一般化したのは第二次世界大戦後のことで、この時代の乳牛にはみな角があったはず。牛が草を食べているときの角の向きを言ったのだろう。「垂れたり」という捉え方はかなりユニーク。さらにそれを「合歓の花」と取り合わせたのも斬新。

火鉢買うて灰を買はざる一日かな

明治三十三年

18

火鉢を買ったのだが灰をまだ買っておらず、寒い一日を過ごしたと。寒いといわずにそれを伝えているところが俳味であろう。十月に青木月斗の妹繁栄（茂枝）と結婚し、神田猿楽町二十一番地に新居を構えた。まだ足りない家財ばかりだったのである。こうした句を写生句という人は少ないだろうが、しかし写生の精神とは、実際に自分の身に起きたことや体験したことを飾らずにありのまま書き綴るということである。その精神は〈写生文〉という分野で子規一門によって磨かれていった。そのポリシーが、やがて碧梧桐を自然主義に導くことになる。

鞍とれば寒き姿や馬の尻

明治三十四年

鞍を外すと、馬の尻までも寒そうな姿になる、という句だが、下五ではじめて作者の視点が馬の後方にあるらしいことが分かるところがおもしろい。五七は概念的な説明で、内容も当然のことを言っているのだが、最後に突然「馬の尻」という印象的な事物が置かれ、読み手の構図は大きく転換させられる。作者の視点に読者が引きずり込まれるのである。視点は俳句にとって非常に重要な問題である。中七を「や」で切ったあとに視点を示し、読者の構図を変えているからこそ、「や」の切れが生きてくるのである。この句の作句年は確かではない。

脇僧の寒げに暗し薪能

明治三十四年

『春夏秋冬　春の部』（明治34年）に、虚子と四句ずつ薪能の句を載せている。ワキの演じる僧が寒そうに暗いというのだが、「寒げに暗し」が姿と内面とを伝えていて深みがある。実際に能を習い、所作によって内面を伝えることを知っている人の句といえよう。碧梧桐と虚子は、子どものころから松山の東雲神社の能を楽しみ、長じてワキ方の名人といわれた下掛《しもがかり》宝生流八世宝生新朔などに能を習った。ただし、当時の東雲神社の能は昼に行われており、全国的にも明治期に薪能は行われていなかったようであるから、題詠として競作したのであろう。

笛方のかくれ貌なり薪能

明治三十四年

前句に並ぶ句。薪能の光と闇の交錯する舞台の右奥に位置して目立たぬ笛方に着目し、それを「かくれ貌」と表現したところに俳味がある。松山は能の盛んな地域で、維新後も士族のたしなみとされていた。旧松山藩主久松家の数多の能衣装が売りに出されたとき、散逸を防ぐために虚子の父池内信夫らが購入して東雲神社に寄贈。明治七年から東雲神社で能が行われるようになった。碧梧桐はその前年に生まれ、ワキ方の能を身につけた。明治になって武士階級が消え、全国的に能楽は下火になったが、松山にはそれを守ろうとする風土があったのである。

物種を蒔いて足立つ夢あらん

明治三十四年

22

「墨汁一滴を読みて」十句のうちの最後の一句である。五月四日付の子規の「墨汁一滴」には、〈いちはつの花咲きいでて我目には今年ばかりの春行かんとす〉を含む十首が掲載され、末尾に「心弱くとこそ人の見るらめ」と付されていた。それを読んだ碧梧桐の返答の十句で、前書きには「けふの玉歌何たる心細さぞや」と記されている。通常であれば「物種を蒔いて」までは現実のことであろうが、しかし足が立たなければ物種を蒔くのは難しい。まして、子規の状況を考えれば、「物種を蒔いて」まで含めての「夢」と読んでもよいのではなかろうか。

から松は淋しき木なり赤蜻蛉

明治三十五年

23

「から松」「淋しき」のア音の頭韻を「淋しき木なり」のイ音が引き締め、再び「赤蜻蛉」のア音で大きく柔らかく受けて韻《ひびき》の美しい句となっている。今読むと、「赤蜻蛉」という季語が平易すぎるようにも見えるが、黄葉した「から松」を背景とした「赤蜻蛉」は鮮やかである。「から松は淋しき木なり」という叙情的な断定には近代文学の自我も感じられ、当時の読者も、そこに江戸時代の「赤蜻蛉」とは違うモダンな感覚の叙情を感じ取ったことであろう。北原白秋の詩「落葉松」の発表に二十年近くも先んじた作品として知られている。

主人なき庭なれば野分吹き荒らせ

明治三十五年

九月十九日に正岡子規が死去。その月末の句で、「九月二十八日東京に暴風雨あり故子規庵の榎を吹倒しぬ」と前書きがある。「野分吹き荒らせ」に、それまでの碧梧桐の句とは違った感情の強い表出が感じられる。古典を学んでその骨格を身につけ、写生を重んじてきた碧梧桐の内部で、子規の死をきっかけに、何らかの変化が起きたことが伝わってくる。写生が、ものの外観を描くことに留まらず、内面の真実を発露することに向いていくのである。それは、内面及び外界の事実をありのままに書くという、〈写生文〉における写生の精神であった。

温泉《（ゆ）》の宿に馬の子飼へり蠅の声

明治三十六年

虚子と論争になった「温泉百句」中の一句である。虚子は、うるさい「蠅」を主として詠むなら「馬の子」は必要はなく、可愛らしい「馬の子」を出したいなら「蠅の声」は割愛すべきだと言い、技巧的な句と批判した。碧梧桐はその短所を認めながらも、それは技巧ではなく、見たままを自然に詠もうとした結果だと反論。虚子が句の中心（主題）を重視したのに対し、碧梧桐は意図的な構成を否定して心の動きをそのままとらえようとしていたことが分かる。碧梧桐のこの考え方が、後の〈無中心論〉（巻末解説参照）につながっていったと考えられる。

蟬涼し朴の広葉に風の吹く

明治三十六年

作意を排し、見たままを自然に詠もうとする碧梧桐の方法論が結実した句である。「蟬涼し」という季語の示し方自体も斬新だが、それと「朴の広葉」の取り合わせに動物と植物という対比があり、また「朴の広葉」に「風」があしらわれることによって「蟬涼し」との類比も作られ、言葉どうしが複雑に関係し合った調和が作りだされている。さらに重要なのは、「広葉に風の吹く」という言い同しが、江戸期の文語には見られないモダンな言語感を作りだしていることである。こうしたモダニズムの感覚が、時代を切り拓く新しい俳句を生みだしていく。

連隊に祭る遺骨や日の盛り

明治三十七年

27

この年の二月に日露戦争開戦。夏ともなれば遺骨となって戻ってくる人もいたということである。「日の盛り」という季語が、「遺骨」の存在感をあぶり出している。新聞「日本」の仕事もしていた碧梧桐は、在京の連隊を訪れる機会もあったのであろう。連隊本部に行くと、家族に返還される以前の遺骨が並んでいたのである。この年の五月、帝国陸軍の規則に「帝国軍隊所屬者ノ死體ハ格別ニ火葬シ其ノ遺骨ヲ内地ニ還送スヘシ但シ場合ニ依リ遺髪ヲ還送シ遺骨ハ之ヲ戦場ニ假葬スルコトヲ得」などと定められた。近代は恐ろしい時代である。

会者《かいしゃ》四人《よたり》四夜《よや》の苦吟を火に埋《うず》む

明治三十七年

上根岸の目薬屋だった小沢碧童が自宅を骨立舎と名付け、そこで碧梧桐との勉強会「俳三昧」を立ち上げた。そこに大須賀乙字、喜谷六花が加わって題詠を多作する句会が始まる。掲句は十二月の作。「四夜」というのだから四日続けての句会だったのだろう。「埋火」が席題だったようだが、まさに「苦吟」で、「火に埋む」が「埋火」の傍題となり得るのかはいささか疑問。それを承知の上の滑稽味であろう。「俳三昧」は継続され、同名の俳誌も刊行されて、新傾向俳句の砦のような存在となるのだが、当初は定型の句が詠まれていたのである。

雲母坂《きららざか》下りて来つるよ寒念仏《かんねぶつ》

明治三十八年

「雲母坂」は修学院離宮の南から東に比叡山に向かう古道で、登りはじめはかなりの急坂。そこを寒念仏の一団が下りてきたというのである。比叡からの道であれば僧とも講の一団とも読め、横川中堂にある「鬼の寒念仏図」なども連想されて厚みのある句となっている。「来つるよ」に、あるべきものを見た作者の納得と感動がある。現代の感覚で読めば幻想の景とも思えるのであるが、作者にそこまでの発想があったかは不明。ただ、「雲母坂」は南北朝時代の遺構も残る地であるから、作者自身も、そこに歴史的なイメージを重ねていた可能性はある。

大風に傷みし樹々や渡り鳥

明治三十八年

台風で傷んだ木々、その上を渡り鳥が飛んでくる。「傷みし樹々」と生命力溢れる「渡り鳥」が対比的に置かれている感じだが、しかし、考えてみれば「渡り鳥」も傷つき、仲間を失うなどしてこの国にたどり着いたのである。大自然の中で、傷みながらも生き抜いているものたちへの賛歌と考えるべき句であろう。中七の「や」に、自然に対する万感の思いがある。回想の助動詞「き」が完了のように使われているが誤用とは言えない。樹々が傷んだその時を回想しているのである。またそこには強意のニュアンスも重なる。文学の言葉は重層的である。

建網《たてあみ》の十日の月や鰡の飛ぶ

明治三十八年

前年に小沢碧童が立ち上げた勉強会「俳三昧」での句で、それを「日記句抄」として「ホトトギス」に発表。八月二十四日の「鰡」を題とした八句中の二句目である。一句目に〈鰡の飛ぶ江尻の汐の高さかな〉とあるから、この句も天橋立のある京都の江尻を思っての景か。「建網」は魚の通路に網を張り、袋網に導いて捕らえる沿岸の定置網。「十日の月」は上弦の月（半月）と満月の中間の月でかなり明るい。むろん十日月も季語だが、この句の季題は「鰡」。ハク、オボコ、スバシリ、イナと名を変えながら成長し、八十センチほどに育った魚である。

馬独り忽《こつ》と戻りぬ飛ぶ螢

明治三十九年

この句は六月の「夏季俳三昧」で作られた。二つの動物の動きを対比的に詠んでいておもしろい。「忽と」であるから、馬は急に現れたのである。そこにはすでに飛び交う蛍がいた。馬が戻ってきたから蛍が飛び回ったとは言っていない。ただ二つの事象が作者の視野で同時に生じたのである。「独り」は人格を認めているような表現であるから、馬はこの句の主人公のように感じられる。一方、「螢」も季題であるから、これも脇役とは言えない。後に碧梧桐が主張する〈無中心論〉の先駆けとなる作品といえるだろう。季題を中心に置かない俳句である。

空《くう》をはさむ蟹死にをるや雲の峰

明治三十九年

これも「夏季俳三昧」で詠まれた句。嘱目ではなく題詠での多作だから、自ずと句に〈思考〉が入り込む。この句の死んでいる「蟹」の鋏がはさんでいるのは「空」だったという発想は仏教的世界観のもので、かなり観念的な思考の句なのである。しかし、「蟹死にをるや」に実感があり、空疎な感じの句ではない。おそらくそこには字余りの効果もあって、句を軽薄に見せない韻律が作られているのであろう。さらに「雲の峰」という大景が対比的に置かれ、読者は広大な仏教的世界観の中に取り残される。これも〈無中心の句〉と言えよう。

海楼の涼しさつひの別れかな

明治三十九年

明治三十九年八月六日に両国を発ち、翌年の十二月十三日まで続く『三千里』の旅が始まる。掲句はその旅立ちの挨拶句。「海楼」は、初日に宿泊した千葉県稲毛の保養所海気館。明治二十一年に県内初の海水浴場が開かれ、そこに併設された稲毛海気療養所を元に作られた旅館である。ここまでは乙字、六花、観魚、碧堂が同行。ともに一泊して碧梧桐を送り出した。碧梧桐はここから北上し、東北に向かう。旅の様子は「一日一信」として新聞「日本」に連載された。碧梧桐の句の古典趣味が薄れ、事実を見つめる自然主義が確立する旅であった。

寺大破炭割る音も聞えけり

明治三十九年

『三千里』の旅中吟。十一月四日、仙台で待ち受けていた人たちと開いた大会の席題句である。当時、廃仏毀釈によって打ち壊されたままの寺は各地にあり、特に仙台藩に関わる寺の中には廃寺となったものもあった。大破したままの寺に炭を割る音が聞こえているというのである。それは侘しさであろうが、一方で、生き抜く人々の生活力でもあったろう。碧梧桐の故郷松山も幕府方で、一時高知藩（土佐藩）に占領されるなど苦労を重ねた。そうした状況を踏まえれば、地域への挨拶句とも読める。「音の」とする資料もあるが「音も」であろう。

思はずもヒヨコ生れぬ冬薔薇

明治三十九年

『三千里』の旅の十一月六日、仙台での吟。まさに十二年前のこの日、碧梧桐と虚子は第二高等学校を中退したのであった。作者にその意図はなかったろうが、「ヒヨコ」は、文学を志した頃の碧梧桐と虚子を想起させる。管理的な二高の校風に耐えかねての退学だったのだが、今はそれを前向きに捉えている気配がある。「冬薔薇」は題詠のようだが、自己肯定感を感じさせる。大須賀乙字が評論「俳句界の新傾向」にこの句を取りあげ、「ヒヨコ」と「冬薔薇」から冬の陽気を暗示させる新傾向の句と批評するのは明治四十一年になってのことである。

北風や磧《かわら》の中の別れ道

明治三十九年

十二月十日、陸中遠野での作。鍋倉城を訪ねているので、川は城山の下を流れる来内川《らいない》であろう。北風の吹く河原に別れ道があったというのである。十一月中は「一日一信」を順調に掲載していた新聞「日本」だったが、十二月に入って突如内紛が起こり、多くの記者が政教社に移るという事態になる。その結果、俳句欄と「一日一信」は、政教社の雑誌「日本及日本人」への掲載に変わる。『三千里』には「「日本」同人聯袂《れんぺい》退社の事あり。予の一信この変に坐して数日間の原稿往く所を知らず」と書かれている。句の「別れ道」は暗示的である。

この道に寄る外はなき枯野哉

明治三十九年

十二月二十九日、一戸《いちのへ》から吹雪の中を歩き続け、午後四時に八戸に到着。その途上の吟である。実際は「枯野」どころではない厳しさだったと思われるが、この句だけ見れば、俳句のみに生きると詠んだ月並風の句にも見えてしまう。芭蕉に〈この道や行く人なしに秋の暮〉があるからなおさらのことである。むろん俳句への思いが重なっていないと言い切ることもできないが、年が明けて浅虫温泉に逗留した碧梧桐のもとには、中村不折から六朝書が送られ、碧梧桐の書風が変わるきっかけともなっている。碧梧桐は、俳句ばかりに生きたわけではない。

灯台の人も岩海苔搔く日かな

明治四十年

『三千里』の旅の根室での作。浅虫温泉に四十日逗留したのち青森から函館に。根室港が凍っていたため花咲湾で下船し、馬橇で根室に到着。それからひと月、春に向かう極寒の暮らしを体験する。句は三月二日の稿に載る。氷点下十七度の夜も経験しているが、その寒さが少し弛んだ日であろう。前日の稿には「どうも俳句なども此辺の景色を其儘写生したのでは、選者に採られませんなどと突如妙な不平も出る」などとあり、「妙な」に、季語の〈本意〉と〈実感〉との差異への問題意識がにじみ出ている。これは、今に至る季語の大問題であろう。

茶の匂ふ枕も出来て師走かな

明治四十年

40

長岡での作。十一月三日に新潟に入り、矢代田の金津石油や佐渡をめぐって二十八日に長岡に到着。「出来て」とあるから、誰かが碧梧桐のために茶殻の枕を作らせたのだろう。「師走かな」に一年を振り返る思いがあり、それを「茶の匂ふ枕」がやさしく受け止めている。この頃、大須賀乙字から手紙があり、「日本俳句」が、かつての印象明瞭から暗示法になっているという指摘があったらしい。碧梧桐は、暗示法にも程度があり、勝手に作れば一人よがりに堕落すると書いているが、乙字のこの論が、やがて「俳句界の新傾向」にまとめられていく。

子心に不孝重ねまじと寒さかな

明治四十年

『三千里』の本文に置かれた最後の句である。長岡で母の脳溢血の報せを受け、旅を中断して松山に帰る決意をする。「重ねまじ」は、十四年前に父の病床に寄り添えなかったということがあっての思い。実生活での道徳的な内容を語り、「子心に」などと説明的に切り出して、内容的には月並調となるはずの句だが、それを中七の字余りによってかろうじて回避している。こうした句を碧梧桐の代表句に数える人は少ないだろうが、碧梧桐の俳句表現の幅というものを考えるとき、知っておくべき句かと思う。こうした一面もあったということである。

百貨動き初めし港の余寒かな

明治四十一年

さまざまな貨物が動き出した早春の港。初句の字余りが斬新で、近代化された港の雰囲気が伝わってくる。碧梧桐は、明治四十一年一月二十九日付の虚子宛書簡に、虚子の句が月並調になっていると非難し、「月並は我々生涯の敵である。其敵に兜をぬぐやうな失敗を醸す事は、始めからやらんがよい」と厳しい口調で書いている。(注)ある意味これは、虚子が変化する人で、碧梧桐が生涯変わらなかった人であることを示している。碧梧桐は、かつての虚子の「新調」の可能性を信じ、月並を排してその「新調」を発展させることに生涯を費やしたのである。

(注)小林祐代「子規記念館蔵明治四十一年一月二十九日付虚子宛碧梧桐書簡」(「「夏潮」別冊虚子研究号Vol・Ⅸ」令和元年八月号) 所収

蜜とれば鶏も戻りて遅日かな

明治四十一年

蜜蜂の巣箱から蜜を取っていたら、鶏が戻ってきたというのどかな春の夕暮れの景。むろん鶏は蜜を欲したわけではない。ただ小屋に戻ろうとしただけであって、その因果関係のない無作為の偶然性に、俳句らしさを求めたということであろう。さらに「戻りて」に一日の終わりの気分があって、それが「遅日」と響き合い、一日の充実感をも漂わせている。作意を排し、見たままを自然に詠もうとする方法論が息づいた句であるが、その思いが、俳句の伝統的なあり方よりも自己の感受性を重視する自然主義に碧梧桐を向かわせていく。

鮎活けて朝見しを又燈ともしぬ

明治四十一年

鮎を生簀に放ち、既に朝に十分に観賞したのだが、夜にまた見たくなってふたたび灯を点した、ということ。六月二十二日の俳三昧の句で、心理的な動きを「調子にも委曲を尽」して詠もうとした結果という。一日の心理の変化を述べようとしたために叙述が複雑になり、新傾向俳句らしい語調となった。〈複雑〉は新傾向俳句のキーワードの一つである。なおこの句は、『日本俳句鈔』（政教社出版部・明治42年）などでは「朝見んを」となっており、そうであれば、翌朝見ようと思っていたが、今すぐ見たくなってまた灯を点した、という意味になる。

纏頭《（てんとう）》を狐もしたり草相撲

明治四十一年

「纏頭」はご祝儀のこと。花ともいう。狐さえも贔屓の力士に祝儀を送ったという田舎の草相撲の景を詠んでいる。むろん現実の話ではなく、ファンタジーとして読むべきであろうが、客の中に狐に喩えたくなるような人がいたということかも知れない。「松陰神社」と題された文章中にある句で、目黒不動から豪徳寺に向かう道の途中に出会った世田谷の秋祭を詠んでいる。季語は「草相撲」。この時期には珍しい江戸俳諧の趣のある句である。新傾向俳句から自由律に向かい始める時期の碧梧桐だが、まだこうした俳味を温存させていたことがわかる。

轎《きょう》は笈《きゅう》に轅《えん》せしものや飛ぶ蜻蛉

明治四十一年

46

十月、台湾縦貫鉄道全通記念に雑誌「日本及日本人」の記者として渡台。「台湾句稿」七十四句を残しているが、多くが海外詠特有の報告的な句になってしまっている。掲句は「淡水に遊ぶ」と前書き。淡水は西洋風の古城を残す観光地である。台湾の駕籠に自由に飛び回る蜻蛉を配して幾分かの奥行きを見せた句。「轎」は中国の駕籠で左右に担い棒がある。「笈」は修験者などが背負う箱状の籠。「轅」は荷車などの棒である。「轅せしもの」は漢文訓読調の面白さを取り入れた表現だが、発想に後のルビ俳句（巻末解説参照）に通じるところがある。

94 — 95

凩や俳魔の詛（のろ）ふ美濃の国

明治四十一年

47

美濃では、この時代も旧派の美濃派が脈々とその歴史を紡いでおり、後に以哉《いさい》派のリーダーとなる山田三秋、南谷翠濤、恩田憲和、高橋清斗、足立吾柳ら、碧梧桐と同世代の若手が活躍していて、新派が入り込むことの難しい地域と思われていたのである。しかし、この翌年全国行脚を再開し飛驒高山を訪れた碧梧桐は、句会でまだ十五歳だった瀧井孝作の句を見いだす。新傾向俳句に関心を持つ若者も確かにいたのである。瀧井は後に上京し、碧梧桐のよき理解者となってその活動を支えた。瀧井もまた美濃の俳魔が生みだした才に違いなかった。

土龍穴納屋に明きしも長閑なり

明治四十二年

四月二十四日、碧梧桐は全国行脚を再開し、甲府の昇仙峡から長野に入った。旅の様子は雑誌「日本及日本人」に「続一日一信」として連載され、後に『続三千里』(金尾文淵堂・大正3年)として刊行される。掲句は上諏訪での作。句作に迷いがあったようで、平明な句が多い。〈神怒り給へり句境春尽きて〉とも詠んでいる。そもそも碧梧桐の旅は句作だけが目的ではない。行脚、すなわち本物の世界観を持つための修行なのである。だがそれは、結果的に俳句に結実するはずであった。実際の世界を把握しなければ、碧梧桐の俳句は成立しないのである。

謀り事漁夫より漏れて鳴く鴨か

明治四十二年

中七で切らずに読めば、漁夫の気配が伝わって鴨が騒いだというやや月並調の句になるが、「て」で切ると、何の謀り事かと背景をさらに勘ぐりたくなる句になる。

前年十月、虚子は新聞「日本」の競合紙だった「國民新聞」に移って「國民文学」欄を開設し、その部長となった。陸羯南《くがかつなん》の作った新聞「日本」は、政府の表面的な欧化策を批判し続けた新聞だったが、徳富蘇峰の「國民新聞」は、日露戦争終結時に講和賛成を唱え、後に御用新聞と呼ばれるようになる政府寄りの新聞である。虚子の動きが影響していなかったとも言い切れない句である。

雪を渡りて又た薫風の草花摘む

明治四十二年

50

前書きは「立山頂上」。碧梧桐ら一行十名は、早朝、中新川芦峅《なかにいかわあしくら》の宿を発ち、弥陀ヶ原の弘法の清水という謂れのある茶屋で昼食。茶屋は人で溢れていたと書かれており、当時も立山登山はかなり人気があったようである。立山には江戸期から立山講があり、信仰としての登山が行われてきた。宗教行為としての登山は明治期にも続いていたが、しかし、碧梧桐らの登山は、それとはまた別の近代的な文化としての登山である。その意味で碧梧桐たちは先駆者であり、それは碧梧桐の自然主義という思想に関連したことでもあった。

102 — 103

股榾《ほた》の股こがり雪や焔々裏《（えんえんり）》

明治四十三年

二股の梢の股の部分が焦げはじめ、その燃えさかる焔のなかに雪が舞い込んでいるというのである。「股梢」は辞書にない言葉だが、旅先の地方の言い回しであろう。旅を続けた碧梧桐は、徐々に地方の言葉に惹かれていく。それによって古典の伝統を離れ、近代的自我を持った自己の経験を優先する自然主義に向かうことになる。ようやく碧梧桐は、己の進むべき方向を見定めたようである。『河東碧梧桐全集』（短詩人連盟）を編んだ来空は、明治四十三年からを「自由律・短詩時代」として第一巻の冒頭に収め、作句順ながらこの句を巻頭に置いている。

一揆潰れ思ふ汐干の山多し

明治四十三年

前書きは「島原城址」（句集によって多少異なる）。島原・天草一揆（島原天草の乱）を思っての句である。「汐干」は汐干狩の意味にも使われ、通例は長閑さや楽しみの気分を伴う季語だが、ここでは汐の干満が「山多し」と相俟って歴史の起伏を象徴する景を作っている。めずらしく妻子を伴っての旅であった。なお、島原城は、圧政によって一揆の原因を作りだした松倉重政・勝家親子の城である。この城の建設も領民の大きな負担だったらしい。ただし、この一揆については不明な点も多く、碧梧桐自身にどう認識されていたかはよく分からない。

芒枯れし池に出づ工場さかる音を

明治四十三年

『続三千里』の旅の途中、十一月から十二月に掛けて備中の玉島で十数名の同人と二週間ほど寝食を共にした「玉島俳三昧」に出された句。「出づ」の主語は作者。「音を」の下には、工場の音を全身で受け止めている作者の姿が省略されている。作意による構成を排し、心の動きに従うという〈無中心論〉によって新傾向俳句が結実していく時期の句で、字余りとは異なる長律の自由律の姿が示されている。この年、中野羊我は「懸葵」誌で新傾向俳句を談林俳諧に喩え、そうした動きなしに俳句が次の時代に展開していくことはないと説いている。

首里城や酒家の巷の雲の峰

明治四十三年

沖縄への思いがあったところに大阪商船から誘いがあり、五月十四日、那覇に入港。そこは矛盾に満ちた歓楽の街であった。「続一日一信」には、薩摩藩の支配、社会問題としての辻遊郭、日本への意識の変化等が綿々と記される。当時の首里城の描写もあってそれも貴重。俳句は残されず、掲句は伊予に戻ってからの作で、「酒家の巷」が印象の中核にある。「続一日一信」は沖縄の状況を赤裸々に伝えるが、それは写生文の延長上に形成された文体である。状況を包み隠さず描写するという点において、写生文は日本の自然主義文学に通じている。

泥炭《ガシ》舟も沼田処の祭の灯

明治四十三年

泥ぶかい田を擁するこの地にも祭の灯が点り、泥炭を運ぶ小舟も多少華やいでいる、というほどのニュアンスかと思う。瀧井孝作は「不透明な混沌とした近代色の風景」と評した。「ガシ」はその地方の言葉で、中央文化の標準的な記述言語（ラング）にはない語彙であろう。しかし、そうした地域特有の生活言語（パロール）を記述しようとするときに有効だったのが、このルビという方法であった。碧梧桐は、地域特有の言葉に惹かれ、それをルビによって俳句に取り込むようになる。八月、故郷松山の大蓮寺で行われた俳夏行に出された句である。

蝶そゝくさと飛ぶ田あり森は祭にや

明治四十四年

56

作者は「田」を見ているのだが、そこに「蝶」が飛んでいて、作者の感性は、その様子を「そゝくさ」と捉える。「蝶」は「田」にこだわる様子なく、どこかに飛んで行こうとしているように見えた。そこで作者の意識は周囲に向かい、近くの森で祭でもあるのだろうか、と考えるのである。意識の自然な流れをそのまま句にしたいという碧梧桐の作句法がよく現れた句である。四月六日、『続三千里』の旅の途中、岐阜県江崎の塩谷鵜平邸に新築された芋坪舎《うへいしゃ》で詠まれた句である。鵜平は資産家で、碧梧桐の新傾向俳句をよく理解し、その活動を援助した。

繭上りなど語るまこと女夫《めおと》らし

明治四十五年

前年に『続三千里』の旅を終え、「続一日一信」の連載も終了したが、碧梧桐の旅が止むことはない。六月からは飛驒白川裁の旅に出ている。掲句、前書きに「白川にては家長の外、公の夫婦なしと」とある。これは白川だけのことではない。土地を分けて分家のできない地域にあっては、次男以下は家の持ちようのなかった時代なのである。政府による海外移住や開拓の施策は、そのことへの対策でもあった。「繭上り」は不明だが、揚繭《あがりまゆ》のことか。糸口の出ない屑繭の一種である。それを碧梧桐に教えた二人は、どうやら公の夫婦だったようである。

炬燵《こたつ》の間日頃の習字掛け足らぬ

大正元年

十二月の作。平明な日常詠であるが、「炬燵の間」という設定が結構おもしろい。この年の八月、中村不折を中心に、六朝書をもとに新しい書風を研究する「龍眠会」が結成され、碧梧桐の独特な書体もさらに深化しようとしていた。会の「罰則」には「字を上手に書カンナドト心懸クル者は退会ヲ命ズ」とあり、ふざけた会にも見えるが、不折は熱心に古典としての六朝風を調べ、美術としての書を探求していった。一方、碧梧桐はここでも自己表現を優先させ、自我の発動としての書を探求し、明治期の書風とはまた違った風合いを生みだしていった。

従峰《じゅうほう》のむら晴れに雷名残して

大正二年

山群の主峰に連なるのが従峰。雷雲に覆われていたのだが、ところどころ晴れ間が見え始めた。しかしまだ雷鳴は残している、と。内容は平易だが、重々しい言葉の響きが不気味さを残す空模様をよく伝えている。この時期の碧梧桐の関心は書と山岳にあった。掲句は六月の作だが、翌月末から、日本山岳史に残る画期的な山行とされる白馬山登山を決行する。黒部川の支谷猫又谷からの登攀は当時未踏のルートで、日本山岳会に所属しない文学者の登山としては異色とされている。碧梧桐は、日本の近代登山の黎明期を彩る登山家の一人でもあった。

雛市に紛れ入る着船の笛を空

大正三年

「雛市に紛れ入る」で切れる。港町を散策していたら、いつの間にか雛市の中に紛れ込んでいて、その空に、港に着いた船の汽笛を聞いたというのである。前段で主人公である自分の動きを小説仕立てに記し、後段でその時の情景を描いて旅に解放された気分までを伝えている。いわゆる二句一章の俳句の構造を古典句から引き継ぎ、それを自由律に展開しているのだが、五五五五と区切れる構造は、ぎりぎりのところでこれが俳句の歴史に連なる韻律であることを納得させている。なお、栗田靖著『碧梧桐百句』（翰林書房）は、大正二年の作としている。

遠く高き木夏近き立てり畳む屋根に

大正三年

この時期には、五七五をさらに細分化した五五三五や五五五三などの句が多く現れ始める。結果的に漢文訓読調の韻律に近づいたようでもあり、まだモダニズムの韻律として完成しているようには見えないが、自由律への方向性は明確になっている。荻原井泉水は明治四十四年、碧梧桐を擁して「層雲」を創刊。「俳壇最近の傾向を論ず」を連載して新傾向俳句を推し進めたが、大正二年には季題という概念を発展的に解消することを決意。碧梧桐はこれに賛同せずに「層雲」を去り、大正四年三月に「海紅」を創刊する。そうした動きの中での句である。

落葉かほど掃き溜めて焚き遅れたり

大正四年

落葉をこれほど掃き溜めておいたのだが、そのままにして焚き遅れていた、と。二月の詠として句集『八年間』の最初のページに載る。生活の中でありがちな一事を捉えた句だが、この時期の状況を考えると、いささか象徴的な句でもある。前年秋は急性腸カタルで療養。しかし、冬になると自由律への気運が高まり、年が明けて俳誌の創刊を決定。塩谷鵜平の「壬子集」を合併し、編集は中塚一碧楼。そこに、瀧井折柴（孝作）、大須賀乙字、小沢碧童、水落露石、喜谷六花らが参集して、三月に「海紅」が創刊される。無意識であろうが、状況が句意に重なる。

駒草に石なだれ山匂ひ立つ

大正四年

七月十三日に始まる「北アルプス句稿」より「蓮華嶽南尾根を下る」と前書きのある句。蓮華岳は長野県と富山県をまたぐ山で、後立山の南端に位置する。明科駅に降り、大町から大沢を経て蓮華岳に登頂。その南尾根を下り始めると、駒草のお花畑に石がなだれるように落ちかかっており、山は命あるもののように匂い立っていた、というのである。「匂ひ立つ」は生命力のようなものの感受と解してよいであろう。「北アルプス句稿」は、句集『八年間』序盤の盛り上がりを作りだしている連作で、碧梧桐の山岳への愛着が強く現れている作品である。

雨さめざめと裏がへるげんげ名残咲て

大正五年

「裏がへる」のは「雨」であろう。地に落ちて跳ねあがる雨を「裏がへる」と見たのだと思う。「さめざめと」が、泣くことや吐露の形容である以上、「雨」は切ない心中を吐露するように地に跳ねていることになる。むろんそれは作者の心情の投影である。一方、地には晩春の「げんげ」が咲き残っている。それをどう読むかは読者次第だが、前段が「さめざめと」という切なさの景であるならば、そこにわずかな希望としての生命力を読むことも許されるだろう。自由律が散文の文脈を超越し、言葉と言葉が立体的に関わり合う空間を作り出している。

五月の水の飯粒の流れ

大正五年

生活の欠片である飯粒が五月の川を流れていくという句だが、五月を旧暦の「さつき」と解するか、新暦の五月とするかで雰囲気はかなり変わる。日本派は新暦の受容が旧派より遅れており、碧梧桐編『合本続春夏秋冬』（籾山書店・大正４年）も夏に四月、五月、六月を置いているから、この句も五月雨の川を詠んだ可能性が高い。大正五年には短律、すなわち十七音より短い自由律の句が多く作られるようになる。これは俳誌「海紅」の傾向であったが、碧梧桐は単一化を警戒していた。ちなみに虚子の〈流れ行く大根の葉の早さかな〉は昭和三年の作。

雲の峰稲穂のはしり

大正五年

遠くに雲の峰がそびえ、手前の田ではようやく少し稲穂が出始めている、と。これ以上なく言葉を略した短律の句で、遠近二つの景物によって、晩夏に漲る自然の生命力を詠っている。碧梧桐の新傾向俳句が、いつ自由律俳句となったかは明確ではない。大正期に入ると切字の「や」が減るが、四年までは古典句の骨格は残っているように見える。ところが、五年の春から短律の自由律と呼び得る句が出始め、掲句のような句が作られ、冬には長律の自由律と呼び得る句が交じるようになる。大正五年に碧梧桐の自由律が始まったと考えてよいであろう。

炭挽く手袋の手して母よ

大正五年

67

手袋をして鋸で炭を切る母への追憶の一句である。明治四十年、母の脳溢血の報せを受け、『三千里』の旅を中断して帰郷。母に会うことはできたが、四月に病歿。それから九年の時が流れている。情の句であるが、栗田靖は大正六年三月の「海紅」に、碧梧桐が「人間味の充実」を書いていることを指摘している。虚子の客観写生とは別の、もう少し厚みのある句を求めていたということである。碧梧桐のその文章には「現在の生活の実経験をでき得るだけ暴露して」という一節もある。これはまさに写生文のモットーであり、自然主義の精神であろう。

大きな長い坂を下り店一杯なセル地

大正六年

大景を絞り込んでいき、最後に店内の「セル地」をクローズアップするという映像的な手法による句である。「店一杯な」が独自の捉えで、そこにリアリティが作りだされている。リアリティは手垢の付いた月並表現からは生まれない。「セル地」は夏の季語とされ、今は「セル」だけで用いられることが多いが、そもそもはsergeで、サージと同語。薄地の織物のことである。「セルジ」が「セル地」と誤解され、やがて「セル」になっていくプロセスの途中に現れた句としても興味深い。また、絹地が羊毛に変わってもいくが、これはどちらであろうか。

芙蓉見て立つうしろ灯るや

大正六年

短律の自由律で、七七という連句の短句の形式だが、最後の「や」がそれとも異なる句調を作りだしている。この「や」は切字ではなく疑問の助詞であろう。萎みつつある夕方の芙蓉を見ていたらその背後が灯った、あるいは、灯ったように感じた、と読むべき句かと思う。ただし、作者の背後が点灯したと読むこともできないことはない。いずれにせよ、萎れゆくものと点灯する明かりが対比的に置かれ、その狭間に立つ人物の存在性が描かれていて、人生のある状況を表す象徴的な句となっている。自由律に移行しつつある時期の新傾向俳句である。

子規庵のユスラの実お前達も貰うて来た

大正六年

70

碧梧桐の家は上根岸で子規庵に近い。四月に隣の少し広い家に越し、そこを海紅堂と名付けた。子規庵には子規の母八重と妹律に加え、大正三年に律の養子となった忠三郎が住んでおり、そこを訪ねた碧梧桐の家族が、かつての碧梧桐同様にユスラの実を貰ってきたというのである。子規の遺族と親しく交遊する家族を嬉しく思ったのだろう。中村草田男や大野林火は、「お前達」を俳句仲間としているが、栗田靖は茂枝夫人と養女美矢子と解している。俳誌「海紅」の句会である「海紅堂六月例会」での作だが、句集『八年間』には七月の作として載る。

君の絵の裸木の奥通りたり

大正七年

71

複雑な構図の句である。まず「君の絵」は、君が描いた絵なのか、それとも君を描いた絵なのか。その絵の「奥」を通るとは、絵の裏側なのか、それともモデルとなった実際の木の裏側か、あるいは描かれた木の奥という幻想か。その「裸木」は、舞台に大道具のように置かれているが、読後は主役となり、枯木のイメージを超え、春に向かう生命力《エロス》の象徴として存在し続ける。栗田靖は、この「君」を「海紅」に挿絵を描いていた水木伸一であろうとする。実証的な見方だが、女性と読む読者も多かろう。それらをどう組み立てるかは読者次第である。

軍服脱ぎ捨てゝもう夏なる畳

大正七年

四月、碧梧桐は諏訪丸で上海に向かい、船長の誘いで香港、マニラに足を延ばし、上海、杭州、蘇州、南京、漢江、北京、天津等を回って七月に帰国。句には「上海義勇隊生活」と前書きがある。上海で知り合ったビール会社の外交員が義勇軍の兵士でもあることを知り、上海の状況を理解したようだ。当時、上海租界には一万三千人以上の日本人が住み、経済の発展は著しかったが、揺れ動く中国との関係は複雑で、自衛のための義勇軍が組織されていた。紀行集『支那に遊びて』（大阪屋号書店・大正8年）には各地の様子が赤裸々に語られている。

牛飼牛追ふ棒立てゝ草原の日没

大正七年

牛飼が牛を追う棒を立て、じっと草原の日没の中に立ち続けている、と。人為を超えたところで時間が流れていることを意識させる句である。これも支那旅行中の句で「泰山」と前書きがある。泰山は中国山東省の名山で、今は世界遺産。死者の集まる山ともいわれている。碧梧桐は支那に住みたいという。それはそこに「人為的に対する豊富な天然味」があるからだという。おおらかな大陸の風土に共感したのである。また、俳句は日本を離れては存在しないと考えるような人に対して、「私はそんな日本の俳諧師で満足はできない」と言っている。

ハンモックから抱き上げて私でなければならない気がして

大正七年

これも支那旅行中の句。大陸の風土で暮らす人々への愛着が感じられる。詠まれた場所は不明だが、〈この子私を好く丸はだかのむつきが落ちた〉などの句も並んでいて、天然に任せて暮らす人々への強い共感が感じられる。帰国直後、青木月斗の三男駿を養子に迎えるのだが、すでにそのことへの思いがあったのかもしれない。このように、俳句の様式を踏み越えて自己表現を重視する碧梧桐の作句姿勢があったからこそ、昭和期の新興俳句も生まれ、富沢赤黄男の〈やがてランプに戦場のふかい闇がくるぞ〉などの句が立ち現れたと考えられるのである。

曳かれる牛が辻でずつと見廻した秋空だ

大正七年

曳かれていく牛が首を回し、ひとまわり空を見廻したように思えたのである。作者もまたそれにつられるように同じ空を見廻し、ああ、確かにこれは秋らしいすばらしい空で、しかもあの牛が見廻した空なのだと確信する。空を媒体としての牛との共鳴。自然との一体化。近代文学の描写として卓越した水準にある表現だ。小説家が数行を費やすところを一行でやってみせており、現在の口語俳句でも、この手法を踏襲している句は多い。碧梧桐は、俳句形式にどこまで複雑な文学表現が可能なのかを試し、近代詩の先頭に俳句を走らせたかったのであろう。

髪梳き上げた許りの浴衣で横になつてるのを見まい

大正八年

この句については、女性の艶に惹かれるが見まいとする気持ちという解釈と、妻の自堕落さに対する鬱憤という相反する二つの解釈がある。しかし、好意も嫌悪も対象に対する意識の強さなのであるから、いずれも同根というべきであろう。これは八月の作だが、四月には〈妻に慊《あきた》らぬ袷《あわせ》きる日のねむし〉とも詠んでいて、鬱憤説にも根拠はある。理解すべきは碧梧桐の、事実をありのままに描くという自然主義的精神で、それは自分の気持ちに対しても変わらない。それも写生文に始まる自然主義の精神。作意を排し、事実を写生するのである。

月見艸の明るさの暁け方は深し

大正九年

夜がしらじらと明け始めるとき、「月見艸」は深さを持ち始める、と。前書きは「M子逝く」。五月に、明治四十一年から養女としていた青木月斗の三女美矢子が、十六歳で他界したのである。しかも、前年から社会部長として招聘されていた「大正日日新聞」が解散ということになってしまう。その仕事のために一家で芦屋に越して来ていたのであった。十一月に東京に戻るのだが、辛い転居であった。この年に残された句数は極端に少ない。「月見艸」は夏の季語。白く咲く月見草や、黄色い待宵草などがあるが、いずれも明け方には赤味を帯びる。

ミモーザを活けて一日留守にしたベッドの白く

大正十年

東京に戻った碧梧桐は牛込区（現・新宿区）二十騎町に仮寓。そこで欧米遊歴を思い立ち、もろもろの思いを抱えて、暮れも押し詰まった十二月二十八日に神戸から欧米への旅に出発する。旅費は書の頒布会を開いて工面した。上海からシンガポールを経由してマルセーユに上陸し、一年を欧米で過ごそうというのである。掲句は、翌年の春から四ヶ月を過ごしたローマでの作で「ミモーザの花」という連作。「ミモーザ」の長音がいかにもイタリア的である。行く先々でその地の言葉の特徴を採取してきた碧梧桐の特性が海外でも発揮されている。

ぎつしりな本其の下のどんぞこの浴衣

大正十年

パリでの句。隣に〈糊強《(こ)》わ《ママ》な浴衣であつて兵児帯うしろで結べ〉などという句もあり、この日の浴衣は糊が利きすぎていたようだ。「どんぞこの浴衣」は大げさにも感じるが、しかしこれは、パリという町に対する違和感の現れであろう。前書きに「七月半ば巴里の暑気は何十年来の極点に達した。尤もう六七十日雨らしいものは降らない。」とある。来空はこの時期の碧梧桐の句作について「ありのままあるコトバに引きもどす」と解説しているが納得できる。一九二一年のパリのホテルで糊付けした浴衣は、日本のゆかたであったのだろうか。

草をぬく根の白さ深さに堪へぬ

大正十一年

「堪へぬ」は完了か打消しかと迷うが、その両義性を読んでもよいかと思う。草を抜くと、根は思っていた以上に白く深い。そのことに堪えているのだが、堪えられない、と。俳誌「海紅」は碧梧桐主宰、中塚一碧楼総編集責任者として大正四年に創刊されたが、この時期には実質的に一碧楼の俳誌となっており、碧梧桐もそれを認めていた。その状況を暗示している句と読むこともできる。「海紅」初出時に「白さに」とあったものを句集でこの形にしている。『八年前』は誤植の多い句集なので心配もあるが、この形を決定稿と考えてよいかと思う。

炭斗《（すみとり）》があつた正しく坐つてゐるのでした

大正十一年

炭斗を見つけたら正座しているような姿だった、あるいは、炭斗の前で誰かがきちんと正座していたのを見つけた、という句意であろう。いずれにせよ人を食ったような文体で、個人誌「碧」に載った以外はどの句集にも採られていない。しかし、時代は口語自由詩の全盛期で、児童雑誌の「赤い鳥」が人気を博し、童話集や童謡集がつぎつぎ発売されていたことを思えば、この句の言葉も、時代を反映させているということができる。日本語は着実に口語に向かっており、小説家も、多くの人が読んでくれる文体を必死で模索している時代なのであった。

カナリヤの死んだ籠がいつまで日あたる

大正十二年（十年）

大正十二年二月に個人雑誌「碧」を創刊。そこに掲載された句だが、二年前のローマでの作と思われる。普通に読めば、鳥は既に死に鳥籠だけが日に当たり続けている、ということになり、カナリヤの死と日の当たる鳥籠とが見事な対比を作りだしている句、ということになる。しかしこれが、心に浮かんだ言葉を作意なく書き付けるという方法によるものなら、そうした構成を考えるのは、いささか作為的なことであるかもしれない。むしろ「いつまで日あたる」を作者自身のこととして読んだ方が、碧梧桐の句としては適切な解釈であるかも知れない。

水道が来たのを出し放してある

大正十二年

関東大震災後の十月、「震災雑詠」十八句を詠み個人雑誌「碧」に掲載。〈松葉牡丹のむき出しな茎がよれて倒れて〉〈ずり落ちた瓦ふみ平らす人ら〉〈青桐吹き煽る風の水汲む順番が来る〉〈屋根ごしの火の手に顔さらす夜〉等の句が並ぶ。前年四月に牛込加賀町の佐藤肋骨邸内に越し、改築して書斎に移り始めた最中の地震であった。震災直後の生活を記した「大震災日記」は貴重な資料である。掲句は、水道が復旧し、開いたままになっていた水道栓から水が出っぱなしになっているという景。「ある」が意図的とも読める。俳句的な着眼である。

パン屋が出来た葉桜の午《ひる》の風渡る

大正十三年

初夏の風が葉桜の間を通り、出来たばかりのパン屋からパンの薫りを運んでくる、というのだが、「パン屋が出来た」という書き出しに、尋常でない喜びが込められている。何しろ関東大震災から八ヶ月、街が徐々に復興していく中での出来事なのである。大震災によって失ったものも多かったが、復興事業によって、東京はさらなる近代都市へと生まれ変わろうとしていた。震災時の東京市長で復興に努めた永田秀次郎は、青嵐を名乗る俳人である。第三高等学校卒で碧梧桐とも親交があったようだ。「ホトトギス」の同人で別格の扱いを受けていた。

ランチの煙吹き煽る雪になつた

大正十三年

85

「ランチ」は港湾で荷物の移動などに使われる小型船。おそらく焼玉ェンジンのポンポン船であろう。その煙突からの煙を風と雪が吹き煽る天気になったというのである。七五六と区切れる韻律に安定感があり、「雪になつた」という口語の終止が印象的な句である。この年には蕪村研究会を設置し、秋冬はその資料を捜して岐阜、名古屋、大阪を訪ね歩いており、その旅の途中の景と思われる。その努力は、やがて『明和歳旦帖』（蕪村研究会・大正13年）、『画人蕪村』（中央美術社・大正15年）、『蕪村新十一部集』（春秋社・昭和4年）等に結実していく。

一軒家も過ぎ落葉する風のまゝに行く

大正十三年

短律の自由律俳句であるならば、「風のま、に行く」のみで一句ということになろうが、長律を選んだ碧梧桐は、そこに「一軒家も過ぎ」と状況を示し、「落葉する」という季節感による情景を加え、文学的な設定を具体的に提示する。それは写生というより小説的な描写であって、主人公の孤独感や脱落感を強調することになる。しかし、碧梧桐はそれが作為的な構成や伝統的な様式美に陥らぬように十分注意していたはずで、この句も「落葉する風」とも読める表現によって、意識の自然な流れをそのまま言葉にするという方法論を貫こうとしている。

雨もよひの風の野を渡り来る人ごゑの夕べ

大正十四年

雨の降りそうな風の強い野を人の声が渡ってくる、そんな夕方であるなあ、というだけの句だが、情景の設定が象徴的で、印象に残る句となっている。分かりやすく言えば、あまり良くない状況でも人はつながって生きているということであるが、それが押しつけがましくなく描かれていて、韻律の美しさと相俟って心に残る句となっているのである。この年の二月に個人誌「碧」を終刊。三月に風間直得と「三昧」を創刊した。直江は東京俳三昧の代表で、「三昧」の編集長となった。昭和になってルビ俳句（巻末解説参照）を提唱した人である。

酒のつぎこぼるゝ炬燵《こたつ》蒲団の膝に重くも

大正十五年

つぎ零した酒が炬燵蒲団にふりかかり、その重さを膝で感じ取ったという句である。自由律の句で、散文的だと感じる読者もいるかと思うが、この句が、論理的な「文」でないことは理解しておきたい。注ぎこぼされた程度の酒が蒲団ごしに重いとまで感じられることはまずない。その変化はわずかである。その些細な失態を、何か特別な問題ででもあるかのように感じている作者の心理状態を思うべきである。新傾向俳句は、作者の内面の真実を言葉の律動とともに伝えようとする。そのために、使い慣れた日常の「文」の言い回しを避けるのである。

マストの上までは来る鷗の一つ眼の玉を見る

昭和二年

「マストの上までは来る」が、それ以上は近づかない「鷗の一つ」。その「眼の玉」を作者はのぞき込む。何を考えているのか、と。すると、その「鷗」もこちらの「眼の玉を見る」。何を考えているのか、と。初対面の知らぬものどうしが互いの距離を測り合う場面だが、なかなか健康的で前向きの世界観で描かれている。心を測り合うなどという場面は病的になりがちなものだが、この句の景は違う。その健康的な世界観を作りだしている要因は「マスト」であろう。作者は、俳句でどこまで文学的世界を広げられるかに挑戦しているようである。

ぬる湯ぶねの眠気ざましを一人でじゃぶじゃぶ

昭和三年

「朝鮮雑詠」中の句で、前書きは「大連星ヶ浦」。日本の租借地であった関東州経由で朝鮮に向かったのである。星ヶ浦は大連の西南にある海水浴場。降ってきた星が暗礁になったという伝説のある地で、明治四十二年に満鉄が開発を始め、この頃にはホテル、貸別荘、ゴルフ場、テニスコート等が併設された高級リゾート地となっていた。要するに、明治期の『三千里』の旅などとはかなり時代が違ってきているのである。その大連に四泊。句はまさにその暢気な旅の様子を隠すことなく詠んでいる。ここにもありのままに自分を見つめる目がある。

汐のよい船脚を瀬戸の鷗は鷗づれ

昭和三年

汐の干満に乗って船足は快調。その脇を鷗同士が寄り添うように飛んでいる。後半の「瀬戸の鷗は鷗づれ」は俗謡の韻律と思うが、時に碧梧桐はこうした調子も厭わない。この句では快調な船足に少し浮かれている気分を、いささか俗な七五の響きがうまく伝えている。このあたりの調子は中塚一碧楼に受け継がれているように思う。現在、松山市には九つの有人島があり、高浜の西にある興居島《ごごしま》には、〈瀬戸に咲く桃の明方の明日の船待つ〉（大正十四年）、〈島に住めば柑子沢山な正月日和〉（昭和二年）の二句とともに、この句の句碑が建てられている。

湯上りテンテン頭で念仏口ず《ママ》からよろぼひ

昭和四年

湯上がり機嫌で頭を叩き、念仏を唱えたらよろめいてしまった、と。しらふではなさそうだ。「伊予八幡浜」と前書き。これを読んだ当時の人たちの当惑が思われるが、喜ぶ読者がいたことも確か。昭和四年は不可解な年で、中国大陸に日本陸軍が入りはじめ、十月にはアメリカで大恐慌が勃発。一方、日本ではジャズが大流行して「東京行進曲」が発売され、阪急百貨店が開店。戦争や恐慌の足音が聞こえ始める中、狂乱の消費文化が花開いていた世相を思えば、「念仏」も「よろぼひ」も、まさにこの時代の本質を正しく受け止めた言葉であろう。

ポッポ船春去ぬの島から島へ渡すの恋情《オモヒ》

昭和五年

「ポッポ船」は焼玉エンジンで走るポンポン船のこと。「去ぬ」は、いなくなるという意味の古語で、ナ行変格活用の動詞。方言としてさまざまな地方に残っている。春が過ぎ去ろうとする時期、島から島を行き来する小型のポッポ船の一つが、荷物を運ぶだけでなく、人々の恋情をもつないで、今、港から出て行こうとしている。その思いを、春景色の全体から感じ取っている句である。多くの島を持つ松山の人々の暮らしが偲ばれる。「恋情」という漢字によって意味を伝え、一方、韻律としては、「オモヒ」の三音に心を託すというのがルビ俳句の手法。

簗《オ》落《チ》の奥降らバ鮎《コ》はこの尾鰭《オド》る

昭和六年

94

「破間川《アブルマ》簗にて」と前書き。信濃川水系魚野川の支流で、魚沼市の広瀬簗は今も川魚の名所である。「奥」は上流を指すと思われ、そこに雨が降り、下流の簗に落ちた鮎たちが尾鰭を躍らせるというのである。「降らバ」は形式的な文法では仮定条件で、もし降ったなら、あるいは、もし降っているなら、であるが、降っているのだろう、くらいの気持ちか。碧梧桐のルビは、その地域に取材したと思われる言葉も多く、この「オチ」や「コ」も、地域の人がそう呼んでいた可能性がある。一方、「鰭《オド》る」は、読者に鰭《ひれ》をイメージさせるための手法である。

190 ― 191

鼻《ユキ》づれ荷馬《ウマ》の糞《コボ》す嘶《イバ》ゆを出発《タチ》心のにぎはふ

昭和七年

鼻を引かれるのは牛だが、轡《くつわ》を引かれてくる馬たちを見て、鼻を近づけ合う連れ同士だと思ったようである。ルビの「ユキ」は「行き」であろう。糞をこぼすものあり、嘶くものありの旅立ち前の賑わいである。「いばゆ」は「いばう」の古語で嘶くこと。「出発心」という情報を文字で伝え、短く「タチ」と読ませる。これがルビ俳句の方法である。「五箇瀬川峡」と前書きがあり、前年一月に訪ねた宮崎県の高千穂峡谷の景と分かる。明治三十六年には〈北風に糞《(まり)》落し行く荷馬かな〉と詠んでいるが、ここまで作風を変化させた俳人はほかにいない。

煎餅木地《キヂ》の餡色《イロ》の乗るほどこの堅炭焼《ヒアブ》らな

昭和八年

煎餅の生地が飴の色になってくるまでに、この堅炭の火で炙らなければ、というのである。この年の三月、百二十余名を集めて碧梧桐の還暦祝賀会が催され、その席で俳壇引退を表明。しかし、旅を重ねる生活は変わらなかった。少し生活を安定させようと、十一月の末、うさぎや主人の弟で後に著名な翻訳家となる平井程一が家業の塩煎餅屋を放りっぱなしにしていると聞き、家族でこれを継承しようと相談したのだが、うさぎや主人の賛同を得られず年末に断念。平井程一は碧梧桐の門下で、小説は永井荷風に師事していたが後に破門状態となった。

便《ツ》通《ウ》じてよきを秋《ヒル》らし光《カゲ》を机《シゴト》に向ふ

昭和九年

便が通じてよかったと、秋の昼らしい光の中を仕事のために机に向かう、というのである。ルビ俳句が何をするためのものだったのかが比較的見えやすい句である。音としては「べんつう」と長くは言いたくない。しかし情報としてはそれを伝えたい、ということである。「蕪村俳句評釈遅々として進まず」と前書きのある句。しかし碧梧桐の『蕪村名句評釈』は、この年の十二月に『俳句評釈選集』第二巻として非凡閣から刊行されている。ルビ俳句という前代未聞の俳句を詠みながら、一方で古典の評釈を書くというのも碧梧桐らしいことであろう。

妻と永久《ユキ》つれ得ねば駿《コ》は孤独《ヒトリ》行くがまゝ我

昭和十一年

妻と永久に連れ添うことなどできないのだから、養子とした駿は、いつかは孤独に独りで生きて行くのがなりゆきなのだ、それを私は受け止めなければならない、というような思いであろう。句末の「我」からは、自分に言い聞かす気持ちとともに、自分を哀れむニュアンスも読み取れる。「此頃の感想」と前書きのある九月十一日の作。前年は一句も書き残さなかった碧梧桐だが、二・二六事件の起きたこの年には、「海紅堂昭和日記」に三十句を記している。すでに俳壇引退を表明した碧梧桐にとってそれらは、発表する当てのない句なのであった。

安住地と言ひならはせバ言ひ得るほどに霜柱たち

昭和十一年

安住の地だと口癖のように繰り返せばそういうことにもなるだろう、庭にはしっかりと霜柱が立っている。「霜柱」が象徴的で美しい句である。「たち」は「達」とも解せよう。十一月に淀橋区戸塚（現・新宿区戸山）に転居し、年末に「新居雑感」九句を日記に記したうちの五句目。日記には「大嫌ひな引越もこれが最後になるかも知れぬ」、「今後の自分の仕事ハたゞ書に集中されるべき」とある。この年、『文学読本正岡子規』（第一書房）、『三千里』（春陽堂）、『子規言行録』（政教社）等を刊行。「俳句研究」誌にもエッセイを書き、俳句の仕事もしている。

老妻若やぐと見るゆふべの金婚《コト》式に話《カタ》頭りつぐ

昭和十二年

錦の丸帯を手に入れた茂枝夫人が金婚式に使えると喜んだのを翌日になって、それまで生きているか、と冷やかしたのである。「語り」を「話頭り」と書いたのは、それが二人のコミュニケーションの糸口になったというニュアンス。妻を「若やぐ」と見ている碧梧桐にも生き生きとした心の躍動が生まれていることを感じ取るべき句であろう。しかし、碧梧桐は、この句を最後とし、二月一日、腸チフスに敗血症を併発して逝去する。享年六十四歳。既成の様式に合わせるのではなく、内面から発せられる個人の言葉を詩の真実と信じた一生であった。

言語の日常性を超えて

河東碧梧桐は、明治六年二月二十六日、愛媛県温泉郡千船町（現・松山市千舟町）に生まれた。松山藩士で藩校明教館の教授であった河東坤（静渓）の五男。本名は秉《へい》五《ご》郎《ろう》。明治二十年に伊予尋常中学（愛媛県立松山東高校）に入学し、高浜清（虚子）と同級になった。

碧梧桐も虚子も士族である。しかし、武士階級はすでに消滅し、二人は長男ではない。開化の時代に、長男以外の士族がどう生きていくのかは誰にも分かっていない。親たちにも分からない。そういう時代であった。

明治二十二年、二人は帰郷した子規から野球を教えられ、翌年から俳句を学ぶようになる。

明治二十六年、虚子とともに京都の第三高等中学校に入学したが、国の方針で学科改編が行われて仙台の第二高等学校に編入。だが、管理的な校風になじめず、文学に生きる思いを抱いて中退し、東京の子規のもとに転がり込んだ。

二人はしばらく遊蕩生活を続けた。そのころの作風は、虚子が「新調」と称する革新的な句を試み、碧梧桐はむしろ古典的であった。

子規は、先に所帯を持った虚子に「ホトトギス」を預ける。碧梧桐は新聞記者として、また俳人として生きていたが、明治三十三年、青木月斗の妹、茂枝と結婚。この時点で子規は、新聞「日本」俳句欄を碧梧桐に継がせることを決めたと思われる。子規は長男である。弟分の生活を決めていくのは当然と思っていた。

この頃、子規は文章の革新を思い立って、一門に〈写生文〉を書かせるようになるが、これが言文一致体の形成に大きな影響を与えることになる。

俳句における〈写生〉は、当時の俳句に横行していた〈月並〉の手法、すなわち手垢の付いた小細工を避けるための方法論であった。

それに対して〈写生文〉は、〈本当のことを自分の言葉で書き綴る〉というジャーナリストの文体の創出であった。碧梧桐は生涯、この写生文の精神を貫く。その意味で、碧梧桐もまた写生の人であり、それが碧梧桐を自然主義に導いていくことになる。

写生文の写生と俳句の写生には共通点もあって、それは、言い方の定まった装飾的な文語文からの脱却ということである。俳句の場合、文語自体は引き継がれたが、「言い方の定まった」という部分は〈月並〉として排除されることになった。明治三十五年に子規が没し、翌年、碧梧桐は新聞「日本」俳句欄の選者となる。すると、「ホトトギス」を経営する虚子との俳句観の違いが明らかになり始める。二人が自立し始めたということである。

三十七年秋からは「俳三昧」という題詠句会が始まり、翌年には俳句の新しい姿が模索され、やがてそれは〈新傾向俳句〉と呼ばれるようになる。

明治三十九年から碧梧桐は、「日本」俳句を広めるために全国行脚を開始。千葉から北上して東北に向かい、新聞「日本」に「一日一信」という記事を紙上に連載する。これは後に『三千里』（金尾文淵堂・明治43年）にまとめられるが、その反響は大きく、旅先の人々が碧梧桐を待ち構えるようになる。記事の内容は、地域へのおべんちゃらではない。ここでも碧梧桐は、〈本当のこと〉を書き続ける。年末には日本新聞社が分裂し、碧梧桐は仲間とともに政教社に移って、「一日一信」は、雑誌「日本及日本人」への連載となる。

明治四十年の年明けに到着した浅虫温泉に中村不折から六朝書が届けられ、碧梧桐独特の書風が作られるきっかけとなる。もともと碧梧桐は達筆であったが、書においても自然主義であろうとし始める。古典に従うのではなく、自然と自我との交流によって生まれる内発的な欲求に従うということである。

北海道から日本海側を南下し、四十年十一月に長岡まで来たところで松山の母が倒れて『三千里』の旅は中断。母は翌年四月に病歿する。旅は四十二年四月に再開され、四十四年七月まで続く。背後には真宗大谷派管長大谷句仏の金銭面での援助があった。後半の記録は『続三千里』（金尾文淵堂・大正3年）三巻にまとめられた。

明治四十年代に入ると、全国に数多くの俳誌が創刊され、その中には千葉県の

「ツボミ」のように碧梧桐らの新傾向俳句の影響を受けたものもあったが、それとは別に東京の「緑熱」のように、まったく新しい口語句、新体句を目指す雑誌が現れる時代となっていた。

明治四十四年、荻原井泉水が自由律俳句誌「層雲」を創刊し碧梧桐も参加。翌年には、中村不折を中心に六朝書の研究会、龍眠会が発足。碧梧桐は、六朝風をもとに独自の作風を追究するようになる。

大正四年、「層雲」を離れ、俳誌「海紅」を創刊。この後、切字による俳句の骨格を捨て、短律や長律の自由律を詠むようになる。七月、日本アルプスの槍ヶ岳に登頂。登山家としても実績を残す。

大正七年、四月から七月まで支那旅行。帰国後、青木月斗の三男駿を養子に迎えた。

大正九年、養女としていた青木月斗の三女美矢子が、十六歳で他界。年末、欧州遊歴に出る。上海、マレー半島を回って十年二月にマルセーユへ。イタリア各地を回り、パリ、ロンドン、スイス、ドイツをめぐり、アメリカを経て大正十一年一月に帰国。

大正十一年、「海紅」を一碧楼に譲り、大正十二年二月、個人誌「碧」を創刊。九月には関東大震災に被災し、印刷所に置いたいくつかの原稿を焼失する。

翌大正十三年に碧梧桐は蕪村研究会を作り、資料を訪ねて各地を回った。

昭和期に入ると風間直得がルビ俳句を提唱。それまでも地方の言葉にルビを振って使っていた碧梧桐もこれに同調。しかし、賛同者は限定的であった。

昭和期も旅は続き、三年には満州・朝鮮と台湾に旅行。四年には、国内旅行の後に支那に赴き、帰国後も大阪、信州、伊予、上州、黒部、小豆島等を回る。五年には、南紀、樺太、九州旅行で越年し、六年には伊勢、四日市、上諏訪等を旅行。こうした旅は、亡くなる前年まで続く。

昭和八年三月、自らの還暦祝賀会で俳壇からの引退を表明。十二年一月、腸チフスを患い、敗血症を併発して、二月一日に死去。六十四歳であった。

碧梧桐は、単なる俳人ではない。近代文学史や美術史、さらには思想史に位置づけられるべき人である。

田山花袋より二歳年下でほぼ同世代。子規の門下として、〈写生文〉によって磨いた〈本当のことを自分の言葉で書き綴る〉という精神を貫き、碧梧桐は自然主義の書き手となった。

その力量がもっともよく示されたのが紀行文である。

碧梧桐の紀行文は文明批評である。近代文明の現場に出向き、忌憚ない言葉で事実を語る。あまりに生々しく〈本当のこと〉が書かれているため、引用がためらわれる箇所もあり、逆に今の時代が〈忌憚の時代〉であることに気付かされる。一方で碧梧桐は数々の山に登り、その魅力を書き綴る。それも、ある意味で近代文明批判なのであった。

碧梧桐の生々しい文体の根底にある〈本当のことを自分の言葉で書き綴る〉という精神は、ジャーナリストの本分でもある。子規も碧梧桐も新聞記者なのである。碧梧桐は〈写生文〉を極め、言文一致の文体を世に広めて、新しい時代の事実を人々に伝えた。事実とは所与のものではなく、言葉で書き表されることによって、書き表されたように立ち現れるものなのである。碧梧桐の文体は新しい時代の事実を人々に伝えた。一方で、まだ〈美文派〉の大町桂月などが活躍していた時代なのである。

俳句においても、碧梧桐は〈写生文〉の精神を貫くようになる。それが〈新傾向俳句〉である。大正期には子規の言う作句法としての〈写生〉から離れ、また俳句の形式をも捨てて〈本当のことを自分の言葉で書き綴る〉という行為に徹するようになる。

それは、今から見れば近代的自我の発露ということになるのだが、碧梧桐自身はそれを「自己表現」と言い表している。新傾向俳句の考え方を、碧梧桐が改造社の『俳句講座　第三巻・概論作法篇』（昭和7年）に記すところにしたがって簡略にまとめれば次のようになろう。

①必然性　俳句は変化するのが必然。
②個人性　子規を真似るのではなく、個人性の目覚めを。

③複雑性　鈍感から敏感へ。写生は啓蒙のための手段。
④季題趣味から季感へ　現実の季感を尊重する。
⑤無中心論　季題を中心とせず、作為的な構成も排する。
⑥定型律の破壊　自由律による感情の律動を。

これは、今の俳句への問いかけでもあるだろう。

一方で重要なのは、碧梧桐が古典俳句という土台を持っていたことである。古典を知らなければ古典からの離脱はできない。碧梧桐は芭蕉、其角、蕪村をよく読み、特に蕪村については蕪村研究会まで組織して新資料の発掘に努めた。さらに、蕉門の著名俳家はもとより、宗鑑、貞徳、季吟を初めとし、白雄、暁台、蒼虬に至る三十人近くの俳家についての評釈を残している。同世代の誰よりも古典を読んでいたからこそ、その二番煎じに甘んじようとする俳句を許せなかったのである。

新傾向俳句は次第に衰微したと書く俳句史は多いが、新傾向俳句とは変化する俳句のことなのだから、自由律俳句や口語俳句、さらに新興俳句へと展開していくその後の俳句は皆、新傾向俳句の先に現れたと考えるべきである。

ルビ俳句についても再度の見直しが必要であろう。

ルビ俳句とは、一般に、漢字や漢語に特殊なルビ（ふりがな）を付けることで意味とイメージの広がりを作りだし，短詩表現の幅を広げようとする試みとされている。

それに加えて詩人の来空は、声に出して読んだときの斬新で美しい韻律を評価した。また、石川九楊は、書家の立場からルビ俳句の自由な芸術性を高く評価している。

けれどその一方で、ルビ俳句を否定する人は多い。日本語の破壊と言う人さえいる。自由律俳句の研究者上田都史もその一人で、言葉を削るべき俳句に言葉を足そうとしていると非難している。

確かにルビ俳句は理解しがたい。もはやそれは自然主義でもなく、表現主義とでもいうべき前衛の手法に入り込んでいる。通常の言語表現ではないのである。

だが、ルビ俳句は日本語の破壊ではない。その方法論は、日本語の記述法の本質に則っている。私たちの祖先は、中国からやってきた漢字に日本語の読みを振って〈訓読み〉を作りだしたが、それこそがルビ俳句の方法そのものなのである。「玉《タマ》」「刀《カタナ》」「水《ミズ》」「空《ソラ》」など、訓読みはすべてルビ俳句と同じ方法で作られている。「虎杖《イタドリ》」「枳殻《カラタチ》」などの熟語を見れば、なおさらルビ俳句と同じ方法論だと分かるであろう。最初はこれらを読める日本人は少なく、またこれを知った大陸人たちは腰を抜かしたことだろう。しかし、歳月がそれを一般化していった。

昭和のルビ俳句以前に、明治大正の新傾向俳句にも、鉱夫《ヒト》や校庭《ニワ》などの用例がある。これらは現場の言葉である。鉱山で「ヒトが足りない」と言えば鉱夫のこと、学校で「ニワに出なさい」と言えば校庭のことである。今も俳句で使われる地震《ない》や海霧《じり》も同類で、「ない」は古語、「じり」は地方の言葉からの採取である。昭和のルビ俳句は、この用法を意図的に複雑化したものである。

最近の〈きらきらネーム〉も、個人の思いや願いを読みに当てたという点で、ルビ俳句と同様の手法である。「未来《ハルカ》」「本気《マジ》」などの名がそれで、「七音《ドレミ》」

「宇宙《コスモ》」などと外来語由来のものもあるが驚くにはあたらない。俳句では今も溶岩《ラバ》が使われる。要は、多くの人が認識すれば、それが認められた日本語になるのである。

人には、個人的な思いを個人的な言葉で表現する欲求と自由とがある。それが詩というものの根源である。かつて、構造主義言語学者ソシュールは、そうした個人の言語を〈パロール〉と定義した。標準化された記述言語〈ラング〉とは異なる構造を持ち、思いの丈をつぶやき、また叫ぶことのできる言語である。現場の言葉や地域の言葉も、〈ラング〉になりきれない言葉であろう。

碧梧桐は、その〈パロール〉を信じた。伝統的な表現様式にしたがって建前を語るのではなく、内発的な真実を語り、書き記すことに徹した。当初、それは自然主義というべきものであったが、ルビ俳句に突き進むことによって自然主義の限界をも打ち破り、今ある言語の日常性を超え、日本語の記述法の原点に回帰しつつ、新たな言語芸術の地平を切り拓いたのである。

碧梧桐から見れば、俳句においても書においても、いわゆる〈巧い〉作品は、すべて〈月並〉だったに違いない。俳人は、一方に碧梧桐のその思いを警鐘のように鳴り響かせながら、自分の道を歩むしかない。

【主な参考文献】

荻原井泉水編『類題第一次第二次旅中句集』（層雲社・明治45年）
大須賀乙字編『碧梧桐句集』（俳書堂・大正5年）
山本三生編『俳句講座　第三巻・概論作法篇』（改造社・昭和7年）
亀田小蛄編『碧梧桐句集』（輝文館・昭和15年）
阿部喜三男著『河東碧梧桐』（桜楓社・昭和39年）
栗田靖著『河東碧梧桐の研究』（創研社・昭和45年）
麻生磯次等編『俳句大観』（明治書院・昭和46年）
瀧井孝作著『俳人仲間』（新潮社・昭和48年）
秋元不死男等編『近代俳句大観』（明治書院・昭和49年）
上田都史著『自由律俳句文学史』（永田書房・昭和50年）
栗田靖『子規と碧梧桐』（双文社出版・昭和54年）
滝井孝作監修・栗田靖編『碧梧桐全句集』（蝸牛社・平成4年）
来空編『河東碧梧桐全集』（短詩人連盟・平成13～21年）
秋尾敏『虚子と「ホトトギス」』（本阿弥書店・平成18年）
栗田靖『碧梧桐百句』（翰林書房・平成24年）
石川九楊『河東碧梧桐―表現の永続革命』（文藝春秋・平成31年）

初句索引

季語索引

著者略歴

秋尾　敏（あきお・びん）

昭和25年、埼玉県吉川町（現、吉川市）生まれ。俳人・俳句研究家。軸主宰。全国俳誌協会会長、現代俳句協会副会長。平成3年、現代俳句評論賞。平成30年、俳句四季特別賞。令和2年、現代俳句協会賞。日本ペンクラブ会員・日本文藝家協会会員・俳文学会会員。主な評論に『子規の近代』（新曜社・平成11年）、『虚子と「ホトトギス」』（本阿弥書店・平成18年）。

現住所　〒278-0005　千葉県野田市宮崎95-4

発　行　二〇二四年六月一日　初版発行
著　者　秋尾　敏 ©Bin Akio
発行人　山岡喜美子
発行所　ふらんす堂
〒182-0002 東京都調布市仙川町一―一五―三八―2F
TEL（〇三）三三二六―九〇六一　FAX（〇三）三三二六―六九一九
URL https://furansudo.com/　E-mail info@furansudo.com

河東碧梧桐の百句

振　替　〇〇一七〇―一―一八四一七三
装　丁　和　兎
印刷所　創栄図書印刷株式会社
製本所　創栄図書印刷株式会社
定　価＝本体一五〇〇円＋税
ISBN978-4-7814-1658-8 C0095 ¥1500E

●百句シリーズ

★＊『高濱虚子の百句』岸本尚毅
＊『後藤夜半の百句』後藤比奈夫
★『藤田湘子の百句』小川軽舟
★『飯島晴子の百句』奥坂まや
『綾部仁喜の百句』藤本美和子
『清崎敏郎の百句』西村和子
『右城暮石の百句』茨木和生
『芝不器男の百句』村上鞆彦
『山口青邨の百句』岸本尚毅
＊『鷹羽狩行の百句』片山由美子
『杉田久女の百句』伊藤敬子
『鈴木花蓑の百句』伊藤敬子
『鍵和田秞子の百句』藤田直子
『波多野爽波の百句』山口昭男
『森　澄雄の百句』岩井英雅
『橋本鶏二の百句』中村雅樹
★『加藤楸邨の百句』北大路翼
『能村登四郎の百句』能村研三
『宇佐美魚目の百句』武藤紀子
『佐藤鬼房の百句』渡辺誠一郎
『赤尾兜子の百句』藤原龍一郎
『沢木欣一の百句』荒川英之
『長谷川素逝の百句』橋本石火
『京極杞陽の百句』山田佳乃
『桂　信子の百句』吉田成子
『永田耕衣の百句』仁平勝
『福田甲子雄の百句』瀧澤和治
『石川桂郎の百句』南うみを
『臼田亞浪の百句』西池冬扇
『三橋敏雄の百句』池田澄子
『尾崎紅葉の百句』高山れおな
『細見綾子の百句』山崎祐子
『川端茅舎の百句』岸本尚毅
『平畑静塔の百句』五島高資
『鈴木六林男の百句』高橋修宏
『原　裕の百句』原朝子
『木下夕爾の百句』鈴木直充
『和田悟朗の百句』森澤程
『古舘曹人の百句』丹羽真一
『篠原　梵の百句』岡田一実

＊＝品切　★電子書籍あり